El mejor enemigo
del mundo

A Manuela y a Juan Xavier
Al Pájaro Febres Cordero
y a Rafael Lugo.

El mejor enemigo
del mundo

María Fernanda Heredia

Ilustraciones de Roger Ycaza

www.edicionesnorma.com

Bogotá, Buenos Aires, Ciudad de México,
Guatemala, Lima, San José, San Juan, Santiago de Chile

Heredia, María Fernanda, 1970-
    El mejor enemigo del mundo / María Fernanda Heredia ;

ilustrador Roger Ycaza. -- Bogotá : Educactiva S. A. S., 2017.
    136 p. : il. ; 20 cm. -- (Colección torre de papel. Torre azul)
    ISBN 978-958-45-3214-5
        1. Cuentos infantiles ecuatorianos   2. Amistad - Cuentos
infantiles
3. Literatura ecuatoriana I. Ycaza Roger, il. II. Tít. III. Serie.
I863.6 cd 21 ed.
A1275554

        CEP-Banco de la República-Biblioteca Luis Ángel Arango

Primera edición, febrero de 2011

© 2010 María Fernanda Heredia

© 2011 © Educactiva S. A. S., 2017
 Avenida El Dorado No. 90-10, Bogotá, Colombia

Marcas y signos distintivos que contienen la denominación
"N"/Norma/Carvajal ® bajo licencia de Grupo Carvajal
(Colombia)

Impreso por Editorial Buena Semilla
Impreso en Colombia

Ilustraciones: Roger Ycaza
Diagramación: Andrea Rincón
Diseño de cubierta: María Clara Salazar

61074419
ISBN: 978-958-45-3214-5

Contenido

—La magia tiene sus misterios...
—dijo Zintra mientras veíamos el atlas del
Universo que me habían regalado en mi
cumpleaños—. ¿Te imaginas lo que pasaría
si todos pudiéramos usar una varita mágica
para enviar a una persona a Saturno para
que viva allí mil años?

—Nuestro planeta quedaría más liviano.
Y nos quitaríamos de encima a un montón
de canallas —le respondí yo—. Mi papá de
seguro elegiría al árbitro que pitó en el
partido del domingo y mi abuelo elegiría
a un diputado.

—¡Y mi mamá a la secretaria de mi papá,
que se gastó todo el bono de Navidad en

una operación de ojos, nariz, pechos, cintura, cadera, muslo y juanetes! Dicen que quedó como para Miss Universo —comentó Zintra.

Luego se quedó en silencio por unos segundos y después agregó:

—Yo enviaría a Saturno a mi ex mejor amigo que me quitó a mi ex cuasi novia.

Luego me lanzó una mirada curiosa y dijo:

—¿Y tú, Pancho, a quién enviarías a Saturno por los próximos mil años?

Yo tenía clarísima la respuesta. Si yo pudiera enviar a otro planeta a alguien, esa persona sería Efraín Velasco, pero de seguro Efraín Velasco también me elegiría a mí. Con esto, ambos viviríamos mil años en Saturno junto a un montón de diputados, árbitros, malos amigos, secretarias sospechosas, etcétera. Y yo no quería eso.

—Creo que no elegiría a nadie, Zintra.

—¡Qué mentiroso eres, Pancho! —respondió él, burlándose de mí—. No te hagas el santurrón conmigo.

—No me hago el santurrón, pero es que para la persona en la que estoy pensando, Saturno no queda lo suficientemente lejos.

Uno

Todos los males de mi vida comenzaron por culpa de Miguel Francisco Hernández del Prado y María, la gitana.

Ambos fueron los protagonistas de la telenovela *Nuestro amor prohibido*, y se casaron en el capítulo final.

Según me ha contado mi hermano mayor, yo debí haber nacido aquel día 28 de febrero. Pero no fue así.

Y digo que no fue así, porque el último capítulo de la famosa telenovela se transmitió a las diez de la noche. Dicen que el país entero se paralizó, nadie quería perderse la escena final en que María, la gitana, se encontraba en el sótano de la casa, atada y amordazada por su futura suegra, doña

Clementina Margarita. Esta señora quería impedir que la gitana llegara a la iglesia y se casara con el atractivo Miguel Francisco, heredero de la fortuna de su familia.

Cuando la telenovela apenas había empezado, mi mamá sintió un dolor en el vientre. Ella sabía lo que ese dolor significaba: ¡yo venía en camino!

Mi mamá bajó el volumen del televisor y llamó al doctor Córdova para informarle lo que ocurría.

El médico, preocupado, le preguntó:

—¿Estás segura? Podría ser una falsa alarma.

—No, doctor Córdova, este es mi cuarto hijo, tengo experiencia y sé cuando ha llegado el momento.

El médico, algo nervioso, le preguntó:

—Está bien, pero... ¿crees que podrías aguantar hasta que se termine la telenovela?

Mi mamá se sorprendió con la pregunta, pero decidida respondió:

—¡Claro! Si es necesario me pondré de cabeza para que el niño no se salga, pero este capítulo no me lo pierdo por nada.

Ese día hubo tantos comerciales en medio de la transmisión que el capítulo se extendió hasta las once y media de la noche.

Cuando ya todo parecía perdido y la maliciosa suegra reía en la primera banca de la iglesia, María, la gitana, consiguió liberarse de las ataduras y llegó a tiempo a la iglesia para casarse con su amado.

Cuando apareció la palabra FIN en la pantalla, mi mamá ya no podía más del dolor. Lloraba sin parar, pero por la emoción del apasionado beso final entre Miguel Francisco y María, la gitana, que vieron triunfar su amor. Inmediatamente, mi papá la trasladó al hospital.

La enfermera que la atendió en la sala de emergencias le decía, angustiada: "¡Aguante, señora, el doctor Córdova está en camino!".

Y mi mamá aguantó todo lo que pudo. Aguantó demasiado.

A las doce en punto de la noche, entró el médico al quirófano y al cabo de un minuto... nací.

Ese era el primer minuto del primer día de marzo.

En honor al protagonista de la novela, mi mamá exigió que mi nombre fuera Miguel Francisco. Y mi papá aceptó.

El doctor Córdova nos hizo un importante descuento en sus honorarios, en vista de que era el cuarto niño de la misma familia

que él recibía (eso se llama "descuento por volumen"); así es que, como agradecimiento, mi papá me añadió un tercer nombre: Miguel Francisco Santiago... más conocido en el barrio de Santa Clarisa como Pancho.

Pero no es mi nombre lo que me molesta, sino la impuntualidad.

Yo habría podido nacer el 28 de febrero. ¡Pero no! Por culpa de esa telenovela, mi mamá y el médico retrasaron al máximo el parto y nací al día siguiente.

"¿Y cuál es el problema?", preguntaría mi papá, que piensa que el único en el mundo que tiene problemas es él.

El problema es que ese mismo primero de marzo nació Efraín Velasco, el niño más odioso, antipático, consentido e insoportable de mi clase. Y también era el organizador de las mejores fiestas de cumpleaños.

Por eso, a mi fiesta nunca asistía nadie.

Dos

A Zintra lo conocí cuando mis papás y yo organizábamos mi fiesta de cumpleaños número ocho. Aunque entre él y yo había algunos años de diferencia, no nos costó trabajo hacernos buenos amigos.

Yo quería una fiesta divertida, pero cuando eres el último hijo, tus papás ya están un poco cansados. Ya no tienen la misma energía ni la misma creatividad que tuvieron con su primer hijo.

Basta mirar las fotografías de mi hermano Pedro, el mayor, para darse cuenta de esto. Debe haber ocho millones de fotos de su primer año de vida: Pedro sonriendo, Pedro llorando, Pedro durmiendo, Pedro en la bañera, Pedro desnudo, Pedro con pañal, pañal con Pedro, Pedro soplando la velita, Pedro comiéndose la velita, Pedro escupiendo la velita...

En el caso de Pablo, el segundo, la cantidad de recuerdos se reduce a la mitad. De él *solo* hay cuatro millones de fotos.

Con mi hermana Valentina, la cosa mejora un poco, porque es la única mujer y mis papás enloquecieron comprándole todos los trajes de princesitas que encontraron en las tiendas. Valentina era totalmente calva cuando nació, por esto, en las fotos aparece como un gnomo vestido de Blancanieves.

Mi álbum fotográfico es mucho más reducido que el de mis hermanos, pero eso a mí no me importa demasiado. Siempre salgo con cara de tonto, así es que prefiero mantenerme alejado de la cámara.

Cuando estaba preparando mi fiesta de cumpleaños número ocho, mi mamá me sugirió:

—¿Qué te parecería si yo preparo un pastel de chocolate e invitamos a tus tíos y primos?

—Aburrido, mamá.

—Bueno... podríamos comprar helado.

—Seguiría siendo aburrido, mamá.

—¿Entonces qué es lo que quieres?

—¡Quiero una fiesta divertida! Como las que organiza Efraín Velasco.

—¿Y quién es él?

—Un niño de mi clase, que es hijo único y que, según sé, organiza las mejores fiestas de la historia.

—¿Has asistido a una de sus fiestas? —preguntó mi papá.

—¡Nunca! Porque los dos cumplimos el mismo día y nuestras fiestas son siempre en la misma fecha. Por eso no me invita y por eso jamás ha venido nadie de mi clase a mi cumpleaños. ¿Se han dado cuenta de eso?

Mis papás se miraron extrañados y pude leer en sus ojos que ni siquiera se acordaban de mis otras fiestas... de hecho, a ratos parecía que ni siquiera se acordaban de quién era yo ni qué hacía en la mesa de la cocina charlando con ellos.

—Bueno... podrías preguntarle a ese niño cuándo va a hacer su fiesta, para que tú puedas hacer la tuya en otra fecha; así no coincidirían —dijo mi mamá, con el tono de voz que utilizaba para dejarnos saber que, como siempre, ella había encontrado la solución para todos los problemas de la humanidad.

—No, mamá. Tú no conoces a Velasco. Ese es un bicho. Siempre averigua cuándo haré mi fiesta, justamente para cruzarse en mi camino. Y como todos en la clase saben que sus fiestas son buenísimas... no tienen que pensarlo mucho para elegir, ¿no?

—Está bien —dijo mi papá—, si es cuestión de organizar una buena fiesta... ¡Podríamos contratar a un payaso!

Tuve ganas de contestar: "¡¿Un payaso?! ¡Gracias! ¡Si va a haber un payaso en mi fiesta nadie querrá perdérsela, hasta Shakira querrá venir!".

Pero decidí respirar y dije:

—No creo que sea una buena idea. Los payasos están bien para las fiestas de niños pequeños. Yo preferiría algo así como un show espacial intergaláctico, o una mansión del terror.

Mis papás se miraron con sorpresa, como si yo estuviera hablándoles en alemán.

—No se preocupen —les dije—, he consultado en Internet y he pedido a algunas empresas que hacen este tipo de cosas en fiestas de cumpleaños que nos envíen sus propuestas. Las empresas Party Corporation y Fiestalandia enviarán mañana sus ofertas a la dirección electrónica de mamá.

Yo soñaba con una fiesta divertida. Cada vez me costaba más trabajo hacer amigos en el colegio. Todos se sentían hipnotizados por el mundo de Velasco, y yo me iba quedando solo. Organizar una fiesta a la que todos quisieran asistir y pasarla bien, era una de mis pocas salidas para conseguir amigos.

Cuando, al día siguiente, mis papás se enteraron de lo que cobraban esas empresas, me lanzaron un discurso lleno de "mente", que era el que utilizaban para decir que no:

—Mira, Panchito, desafortunadamente y realmente tu madre y yo hemos pensado, honestamente, que difícilmente podremos hacer esa fiesta que tú alocadamente nos has pedido. Así es que, sinceramente, hemos contratado a un mago que muy profesionalmente vendrá esta tarde puntualmente para que lo conozcas adecuadamente. ¿De acuerdo?

Esa tarde llegó Zintra y, por lo que pude ver, era... el peor mago del mundo.

Indudablemente.

Tres

Zintra no se llama así, qué va. Ese nombre se lo inventó para dárselas de famoso.

—Eso no es cierto, Pancho —me dijo un día—, no inventé el nombre por eso, sino porque no se me ocurrió otra cosa cuando me llamaron para mi primera función.

Cuando Zintra (que en realidad se llama Rafael) salió del colegio, tenía dieciséis años y no sabía por qué carrera decidirse en la universidad. Sus papás comenzaron a decirle que estudiara, que no anduviera de vago por las calles sin hacer nada. Pero Zintra seguía sin saber a qué dedicarse.

Lo que sí tenía claro era que quería hacer algo diferente. No quería ser abogado ni arquitecto ni médico; de esas profesiones ya había demasiada gente sin empleo.

Entonces montó en su casa una agencia de adopción de mascotas. La idea no era mala; se suponía que la gente que ya no podía cuidar a su perrito o a su perico, iba a dejarlos en esa oficina para que otras personas pudieran adoptarlos como mascotas. Zintra, que no es bueno para los nombres, bautizó a su empresa con el curioso nombre de AGINTEADOPDMASC, que quería decir AGENCIA INTERNACIONAL DE ADOPCIÓN DE MASCOTAS. Le puso internacional porque sospechaba que su primer cliente sería un coreano que vivía junto a su casa, cuya perra, Coqueta, había parido siete cachorritos y el padre, que era un perro callejero, no asumiría su responsabilidad.

Cada vez que Zintra contestaba el teléfono, decía: "AGINTEADOPDMASC, muy buenos días".

Pero, claro, con ese nombre tan difícil, cuando terminaba de saludar, la persona que llamaba ya había colgado el teléfono, creyendo, quizá, que la habían insultado.

Luego, montó una nueva empresa. Esta se llamaba BAÑPERRPUL, que, naturalmente, se trataba de una oficina encargada de bañar a perros con pulgas. Pero solo tuvo

un cliente en una semana... y el pobre Zintra
estuvo con pulgas durante un mes.

Entonces, Zintra pensó que eso de crear
un negocio propio no se le daba bien y
dejó de lado cualquier nuevo proyecto. Se
quedó otra vez en su casa sin estudiar y sin
trabajar, hasta que una mañana su papá le
dijo: "Mira, Rafael, si no haces algo de pro-
vecho, tu mamá y yo te inscribiremos en una
academia militar o en un partido político;
tienes un mes de plazo; ¡está decidido!". Pero

Zintra no quería ser soldado ni político; a él no le gusta la gente mala, ni los militares. Él es pacífico por sobre todas las cosas.

Ante la amenaza de sus papás, Zintra se puso manos a la obra. Como era bueno para hacer un par de trucos con las cartas, diseñó en su computador un aviso para colocarlo en los postes de la ciudad, en el que ofrecía sus servicios como mago de fiestas infantiles. Se propuso aprender un poco más investigando en Internet y cuando tuvo que elegir un nombre artístico se decidió por Zintra, que en el lenguaje de los magos desesperados quiere decir "zin trabajo".

Zintra les dijo a mis papás que su tarifa era de cien dólares. Mis papás ofrecieron cuarenta.

Zintra dijo que, por tratarse de unos señores tan amables y de un chico tan simpático (yo), él cobraría ochenta, ni un dólar menos. Mis papás ofrecieron cuarenta.

Entonces, Zintra dijo que, eliminando uno de sus trucos preferidos, podría revisar el precio y dejarlo en 65. Mis papás ofrecieron cuarenta. Y eso fue lo que Zintra cobró en su primer trabajo, y la verdad es que, considerando lo malo que resultó como mago, el precio estuvo mucho mejor de lo que merecía.

Su única inversión fue un sombrero viejo que consiguió en una tienda de ropa usada, una varita mágica fabricada con cartulina, una capa de Superman y un bigote falso hecho con los flecos de una alfombra de su casa.

El día de mi desastrosa fiesta de cumpleaños no asistió ninguno de mis compañeros... como siempre todos estaban en casa de Velasco. Los únicos niños presentes eran mis hermanos y tres primos idiotas que siempre se roban mis canicas.

Cuando Zintra tocó el timbre y apareció en la puerta de mi casa con su penoso atuendo, mi papá lo miró emocionado y dijo:

—¡Ya llegó el payaso!

Cuatro

Efraín Velasco fue mi amigo durante un tiempo, hasta segundo grado. Luego pasaron algunas cosas y esa amistad se acabó. Desde entonces, ambos nos caíamos muy mal.

Velasco tenía mucha suerte: era hijo único y sus padres estaban divorciados.

Sin hermanos, Velasco tenía una habitación para él solo. ¡Qué envidia! A mí me tocaba compartir el cuarto con mi hermano Pablo, que siempre ha sido muy "simpático y bromista". Tan bromista que no se perdía la oportunidad de ponerme una lagartija debajo de la almohada o gelatina entre las sábanas, o de pintarme con tinta negra un bigote de mariachi mientras yo dormía.

Pablo se burlaba de mis muñecos G.I. Joe, a los que yo cuidaba como si fueran tesoros.

En una ocasión, se le ocurrió hacerles una operación de "cambio extremo" y los partió por la mitad. Luego fue a la habitación de mi hermana Valentina e hizo lo mismo con sus muñecas Barbie. Después, juntó la parte superior de un G.I. Joe con las piernas de la Barbie... y el resultado que obtuvo nos hizo llorar a Valentina y a mí: ¡la Barbie Princesa tenía piernas peludas y botas de militar! "Qué bromista es Pablo", decían siempre mis papás, orgullosos de su sentido del humor. Pero yo a veces pensaba que era un desgraciado.

Claro, Velasco no tenía ese problema, porque no tenía hermanos. Una vez fui a su casa, cuando estábamos en segundo grado y éramos amigos, y me quedé sorprendido al ver el tamaño de su cuarto. Era enorme y tenía muchísimos juguetes. Recuerdo que tenía una repisa con más de cincuenta autos a escala, y una colección con todos los dinosaurios que existieron en el pasado y los que existirán en el futuro, y además tenía una pantalla de plasma más grande que la del estadio olímpico, y una pecera tan enorme y sofisticada, que allí dentro había más peces que en todo el océano Pacífico; casi podría asegurar que vi una ballena y, por lo menos, tres tiburones.

¡Qué suerte la de Velasco! Cómo nos moríamos de envidia sus compañeros de clase. Por eso, todos querían estar con él, y cuando invitaba a sus amigos a pasar la tarde en su casa, era como una invitación a Disney.

Además, tenía otra ventaja: ¡sus padres estaban divorciados! Eso quería decir que Velasco era el consentido más engreído de la historia de la humanidad. Está comprobado, científicamente, que la mayoría de papás divorciados invierte mucho más en hamburguesas, juguetes y regalos que los papás que no se han divorciado. Yo hice una pequeña investigación en mi salón de clase y los resultados fueron asombrosos y envidiables.

Los hijos de papás divorciados comían entre cuatro y cinco hamburguesas por mes.

A mí me compraban una hamburguesa cada vez que sacaba buenas notas en Matemáticas. Eso quiere decir que, si no me falla la memoria, he comido media hamburguesa en mi vida.

Los hijos de papás divorciados visitan dos heladerías por semana; eso quiere decir ocho cada mes.

Cuando mis papás nos llevaban a una heladería (una vez cada tres meses), compraban un helado para cada dos hijos. Entonces, a mí me tocaba compartir con mi hermano Pablo, que tenía una lengua más grande y más rápida que la mía.

Los papás de Velasco competían cada día para ganarse la preferencia de su hijo. Lo llenaban de regalos, viajes, paseos y caprichos. Un día llegó a la clase y nos contó que tenía dos bicicletas nuevas:

—¿Dos bicicletas? ¿Por qué dos? —le preguntó alguien.

—Una me la dio mi mamá y otra mi papá —respondió él, con su voz espesa.

—¿Y cómo vas a hacer para montar dos bicicletas? —preguntó con curiosidad otro.

Y yo, dándomelas de gracioso, le dije en voz bajita a un amigo que estaba junto a mí:

—Si Velasco tiene cuatro ojos, seguramente también tendrá cuatro patas.

Juro que lo dije en voz bajita, pero, para mi mala suerte, en ese preciso momento, todos se quedaron callados, y mi frase se escuchó como un alarido. Como cuando en plena clase la profesora hace una pregunta facilísima y todos levantamos la mano y decimos: "¡Yo, profe, yo, profe, yo, profe, yo, profe!", y siempre hay un despistado que, confundido entre el ruido, dice: "¡Yo, mami!". Aunque todos estén gritando alborotados, ese "Yo, mami" suena como un petardo en medio de una iglesia.

Velasco me escuchó, y puso cara de odio. Hasta ese día fuimos amigos. No me perdonó que lo llamara de esa manera. Él siempre había detestado que se burlaran de él llamándolo "cuatro ojos"; yo lo sabía y de todas maneras se lo dije. Se dio vuelta, me clavó la mirada, se acomodó los lentes y yo debí haber salido corriendo, pero me quedé como la gacela que sabe que el tigre va a devorarla, intenta correr, pero tiene las patas paralizadas y no le queda otra alternativa que ponerse a rezar para que el tigre se vuelva vegetariano.

Velasco se abalanzó sobre mí (cosa que no era difícil, porque él era más grande y más fuerte que yo) y me dio dos trompadas en el siguiente orden: nariz y boca.

Quedé tumbado en el piso y todos se reían de mí. Velasco tenía los ojos llenos de rencor. Se sacudió las manos como si

mi cara fuera un saco de basura, se acomodó con firmeza los lentes que se le habían
desplazado y luego me dijo:

—Mira, García, cerebro de chicharrón, ya
que te gustan tanto los números, apréndete
esto: si vuelves a llamarme cuatro ojos, a
ti comenzarán a llamarte "el tres dientes",
porque todos los demás te los arrancaré de
un golpe. ¿Entendiste? —luego se dio media
vuelta y dijo en voz alta—: ¿Quién viene
conmigo y quién se queda con él?

Y, poco a poco, todos los que nos rodeaban, decidieron seguirlo a él. Y yo me
quedé solo.

Esperé a que estuviera bien lejos y entonces dije en voz muy, muy, bajita:

—¡No te tengo miedo, cuatro ojos!

Desde ese día, quedó claro que existían
dos bandos: el de Velasco con sus amigos...
y en el otro extremo yo.

Cinco

En el programa deportivo *El fútbol ya es de todos*, crearon un espacio dedicado a entrevistas con los futbolistas más famosos. Cuando supe que entrevistarían al Pájaro Robles, el goleador de la selección, me quedé sentado frente a la pantalla.

Todavía estaba adolorido después de la paliza que me había propinado Velasco, pero no quería perderme el programa. El Pájaro era el mejor entre los mejores. El más increíble jugador de fútbol que haya nacido en este país. El dueño de una barra que cuando los aficionados la cantaban, el estadio entero retumbaba: "Páaaaajaro, danos un gol, Páaaaajaro, en el corazón".

Antes de la entrevista, pasaron una serie de imágenes de su vida como deportista y la más importante era aquella del gol que nos llevó al Mundial. Yo conservo aún, en la pared junto a mi cama, el afiche con la foto del Pájaro celebrando el gol. Es el único afiche que mi hermano Pablo ha respetado. Acostumbrado a sus cambios extremos, al afiche de Harry Potter le pegó las caderas del afiche de Shakira.

Durante la entrevista, yo miraba al Pájaro y escuchaba atentamente cada palabra. Él estaba en el jardín de su casa, caminando entre unos árboles. Su cuerpo parecía de acero, tenía unos músculos sorprendentes y las piernas como dos fuertes troncos de árbol. Además llevaba el cabello largo y desordenado. A mí, mi papá me obligaba a cortarme donde su peluquero de toda la vida, un señor que había aprendido a cortar un solo estilo. Según mi papá, ese era el "estilo caballero elegante", pero para mí era el "estilo niño tonto con cara de lápiz".

Las piernas del Pájaro se habían vuelto tan famosas después del gol de la clasificación que todos se referían a ellas como "las piernas mundialistas". Hombres y mujeres iban al gimnasio y corrían por los parques

para lograr esa musculatura de acero. Los pantalones cortos y las minifaldas se pusieron de moda para que la gente luciera sus piernas. Muchos productos decidieron auspiciar las piernas del Pájaro con publicidad y no era raro encontrar un comercial de televisión que dijera: "Gimnasio Super Power... para tener las piernas mundialistas del Pájaro".

O también: "Jabón Honey, para que tus piernas mundialistas queden suaves y tersas".

O este: "Para evitar el mal aliento, utiliza pasta dental Dentex, que elimina las bacterias y, además, ayuda a que tus piernas mundialistas luzcan más fuertes y sin caries".

En un momento del programa, el periodista le preguntó al Pájaro cómo se había convertido en futbolista. Su respuesta me sorprendió: "Cuando comencé a jugar fútbol, no lo hice pensando en ser alguien famoso. En esa época, yo tenía diez años y había un muchacho en mi clase que me hostigaba, se reía de mí, me hacía quedar como un tonto y, además, quería conquistar a la chica que a mí me gustaba. Como yo era muy inseguro, decidí alejarme de ellos y comencé a jugar fútbol durante todos los recreos. Luego llegaron los goles... y, sorprendentemente, todos comenzaron a respetarme más".

"¿Y la chica llegó a fijarse en ti?", le preguntó el periodista con curiosidad. El Pájaro sonrió plácidamente y respondió: "Ella y muchas más".

Al final de la entrevista, creí encontrar la solución a mis problemas: yo sería como el Pájaro. Me convertiría en futbolista, tendría piernas mundialistas, todas las chicas del colegio me suplicarían que fuera su novio, ¡por fin tendría amigos y Velasco no volvería a pisarme el poncho nunca más!

Seis

Zintra (o Rafa, como lo llamaba a veces) se había convertido en mi amigo desde aquella fiesta, cuando cumplí ocho años: él fue el pésimo mago al que mis papás contrataron para que "animara" a los invitados. Sus trucos resultaron tan malos, que en realidad terminó desanimando a todos. A un tío mío le dio tanta lástima, que ahí mismo le enseñó a Zintra un par de trucos de magia para que le sirvieran en el futuro.

Cuando estábamos comiendo pastel, mis hermanos se fueron a ver televisión y mis primos a robarse mis canicas. Entonces, Zintra se acercó a charlar conmigo.

—¡Qué divertido! Te regalaron un atlas del sistema solar.

Me puse a pasar las páginas de ese libro, y ahí vimos las imágenes más impresionantes del espacio, los planetas, las estrellas y los satélites.

Saturno parecía un planeta muy curioso; los anillos que lo rodeaban hacían que se viera más bonito que el resto. Según los datos del libro, la distancia que lo separa de la Tierra es de 1200 millones de kilómetros. Fue en ese momento cuando él me preguntó a quién me gustaría enviar a Saturno. Yo pensé en Velasco, claro, mientras que Zintra me confesó que él elegiría a su ex mejor amigo.

—¿Por qué no han venido tus amigos del colegio a tu fiesta? —me preguntó, intrigado, por lo solitario que me encontraba.

—Adivina... para eso eres mago, ¿no?

—Podría hacerlo... pero cuando como pastel de chocolate, mis poderes se reducen considerablemente. Mejor cuéntame tú.

—No han venido porque no tengo amigos. Hice todo lo posible para que aceptaran mis invitaciones, pero no lo conseguí. Mis compañeros de clase prefirieron ir a la fiesta de otro compañero que cumple el mismo día que yo, pero que lo organiza todo tan bien que nadie quiere perderse sus celebraciones.

Hoy, por ejemplo, ha organizado una fiesta finlandesa.

—¿Fiesta finlandesa? ¿Los finlandeses son muy fiesteros?

—No lo sé. Solo sé que su casa está llena de nieve artificial y que habrá un domador con cuatro focas. Yo nunca he visto una foca en vivo y en directo. En realidad, el animal más extraño que he visto es un piojo.

—¿Dónde lo viste?

—En la cabeza de un amigo. Se lo sacamos y luego lo vimos con una lupa; ¡era un monstruo horrendo! ¡Pero no quiero hablar de piojos sino de focas!

—¿Y cómo se le ocurrió hacer una fiesta con nieve, domador y focas? —preguntó Zintra, intrigado.

—Bueno, porque Velasco me odia.

—No entiendo...

—Mira, lo que pasa es que en sexto grado hay una chica que se llama Rittva.

—Pobre... me parece que una vez tuve una empresa que se llamaba así.

—No te burles. Se llama Rittva porque nació en Finlandia. Y bueno, resulta que Rittva es... a ver, cómo te explico, Rittva es una chica... una chica que tiene... no... que es muy...

—Linda.

—Sí, eso. Rittva es linda, tiene el cabello azul y los ojos rubios, además tiene los labios rizados y las pestañas rojas...

—¿Qué?

—Bueno... ¡tú entiendes!

Con una confianza que nunca había sentido por nadie, a partir de ese momento, comencé a contarle a Zintra más detalles de mi atormentada vida.

Le conté que cuando Rittva llegó a inicios del año escolar causó una revolución en el colegio. Todos los chicos queríamos ser sus amigos. Y todas las chicas querían ser rubias y de ojos azules.

Yo nunca había visto una chica tan linda en toda mi vida. Parecía un ángel. Era tan blanca que junto a ella todos nosotros parecíamos unas cucarachas bronceadas.

Una mañana, se me ocurrió dármelas de hospitalario con Rittva. En Internet, encontré unas cuantas palabras en finlandés, las memoricé y cuando la vi en el recreo me acerqué a ella y le dije: "*Hyvää huomenta, hauska tavata, nimeni on* Pancho".

Al escuchar esta parte de la historia, Zintra me preguntó:

—Supongo que esa frase significa: "Te espero en el recreo, junto a la fuente, para que me des mi primer beso de amor; me llamo Pancho".

—No, tonto, significa: "Buenos días, mucho gusto, mi nombre es Pancho".

—Qué aburrido eres —dijo Zintra, moviendo la cabeza de un lado a otro y con pose de galán.

Cuando Rittva me escuchó, sonrió emocionada y delante de todas sus envidiosas amigas me dio un beso en la mejilla, y con su español todavía imperfecto, me respondió:

—Micho gusto, Pancha.

Por supuesto, tuve que soportar durante un mes que todo el mundo me llamara Pancha en el colegio, pero no me importó porque Rittva me había dado un beso en la mejilla y yo no me la iba lavar sino hasta cuando fuera viejo.

A Velasco le llegó la noticia del beso justo cuando estaba preparando la celebración de su cumpleaños que, supuestamente, sería una fiesta hawaiana. Pero, en último momento, decidió que mejor haría una fiesta finlandesa.

—Obviamente, la invitada especial es Rittva... y las focas son sus animales favoritos. ¡Punto para Velasco!

—¿Eso quiere decir, Pancho, que mientras tú y yo estamos charlando aquí, en esta fiesta aburrida donde lo único bueno es el mago, ese Velasco está conquistando a la rubia?

—Supongo que sí.

En ese momento de la conversación, se me acercó mi tía Blanquita, que acababa de llegar a mi fiesta, me estampó un beso pegajoso en la mejilla y me dijo:

—¡Felicidades, sobrino! ¡Estás en la edad más linda de la vida!

—Sí, claro, cómo no... —dijo Zintra cuando la tía ya se había alejado y yo me limpiaba la mejilla con la manga de mi camisa—. Si esta es tu edad más linda, no quiero ni pensar cómo será la fea.

Siete

—¿Tengo que llamarte siempre Zintra?

—Ese es mi nombre artístico de mago e ilusionista —respondió él, haciéndose el importante—, pero también puedes llamarme Rafael... como tú quieras.

A mí me gustaba eso de tener un nombre artístico, pero no se me ocurría ninguno interesante. Y viéndolo bien, aunque Zintra se llama Rafael, ¡tiene cara de Zintra!

Al día siguiente de mi aburrida fiesta de cumpleaños, me encontré con él camino a la papelería. Vivíamos relativamente cerca y se ofreció a acompañarme.

—¿Puedo hacerte una pregunta? —dijo Zintra.

—Sí, pregunta lo que quieras.

—¿Por qué Velasco te odia tanto?

—Porque un día le dije cuatro ojos y cuatro patas.

—¿Y por qué se lo dijiste?

—Porque pensé que sería gracioso.

—A mí no me parece gracioso —dijo Zintra, sin mirarme.

—A él tampoco y por eso me dio dos trompadas.

Nos quedamos en silencio; luego él suspiró y dijo:

—A mí en el colegio me llamaron siempre Dumbo.

Lo miré de reojo y me di cuenta de que, en verdad, tenía un par de orejas muy grandes. Inmensas. Tan grandes que con todo ese material se habrían podido fabricar dos docenas de orejas y unas tres narices. Pero preferí quedarme callado.

—Velasco fue mi amigo hace años, pero ahora ya no lo es. Me odia. Y creo que yo también lo odio a él. Ha encontrado la forma de mortificarme, sabe que ambos cumplimos el mismo día, el primero de marzo y, por lo tanto, mientras estemos vivos, él armará un boicot en mi contra y organizará las mejores fiestas. Nadie asistirá jamás a mis cumpleaños mientras seamos compañeros de colegio... ni a mis fiestas en la universidad, ni a mi boda, ni a los bautizos de mis hijos, ni a los cumpleaños de mis nietos, ¡ni a mi funeral! Y es que conociendo lo bicho que es Velasco, seguramente elegirá morirse el mismo día que yo con tal de que mi funeral sea el más aburrido de todos. ¿Hay algo peor que tener un enemigo?

—Sí. Creo que hay algo peor —dijo Zintra.

—¿A qué te refieres?

—Lo peor es perder un amigo.

—¿Se te perdió un amigo?

—¡No se me perdió! Yo también tuve un amigo que ahora ya no lo es.

—¿Por qué?

—Es una historia larga, Pancho; voy a tratar de contártela muy rápidamente.

—Dale...

Entonces Zintra me contó la historia de Beto, su mejor amigo desde el primer grado. Una rana había sido la responsable de que su amistad creciera. Una mañana, Zintra andaba despistado por el colegio, cuando vio a Beto en un jardín pequeño y oscuro, tratando de abrir la ventana del laboratorio de ciencias. "¿Qué haces?", le preguntó, y Beto, al verse sorprendido, no tuvo más opción que confesarle la verdad: "Quiero entrar al laboratorio porque se va a cometer una injusticia. Los de secundaria han capturado a René y lo van a asesinar". Zintra, muy asustado, le preguntó: "¿Quién diablos es René y por qué lo van a matar?". Beto le respondió que se trataba de una rana que él había descubierto tiempo atrás, y a la que no solo le había puesto un nombre, sino que había alimentado diariamente con una mosca.

Los de secundaria habían capturado a René y, esa misma mañana, luego del recreo, le abrirían la piel con una cuchilla para revisar sus órganos. A Zintra le pareció horrible; entonces decidió ayudar a Beto a liberar al pobre René que ya se encontraba en un frasco grande de cristal, cuya tapa había sido agujereada para que pudiera respirar.

Ante la dificultad de abrir la ventana, no les quedó otra alternativa que romper el cristal con una piedra. Por suerte, nadie escuchó nada. Entraron silenciosamente al laboratorio, se apoderaron del frasco y salieron tan despacio como pudieron; no querían romper el frasco ni lastimarse entre los cristales de la ventana. En el momento en que saltaban por la cornisa, el rector mágicamente apareció por ahí. "¡¿Qué están haciendo?!", les preguntó con voz furiosa. No pudieron mentir. El rector le exigió a Beto que le devolviera el frasco que escondía dentro de su camisa, pero Beto sabía que entonces el pobre René regresaría al laboratorio a morir; entonces, lo único que se le ocurrió fue abrir rápidamente el frasco y dejar que René escapara, pero como el frasco estaba dentro de su camisa, la rana bajó hacia su pantalón, ingresó por el calzoncillo y por ahí se introdujo, provocándole las sensaciones más... extrañas.

"¡Que me entregue el frasco!", exigió el rector. Pero Beto comenzó a sentir con desesperación que la rana estaba buscando la salida entre los pliegues de su ropa interior. Se bajó el pantalón de deportes y solo atinó a gritar: "¡Sal de ahí, René, sal de ahí!".

Zintra no sabía qué hacer. El frasco voló por los cielos. Beto logró liberar a René mientras que el rector, furioso, intentó capturarlo, pero la rana saltaba con más agilidad. Lo persiguió por tres patios y dos canchas, sin éxito.

Detrás de René saltaba el rector.

Detrás del rector saltaba Beto.

Detrás de Beto saltaba Zintra.

Detrás de Zintra saltaba René.

Parecía una ronda de ranitas interminable, y todo el colegio contemplaba el espectáculo desde los jardines y las ventanas de los salones de clase.

Finalmente René escapó, pero el rector atrapó a los dos niños y los castigó, dejándolos durante un mes sin recreo. Así fue como se hicieron amigos, y como pasaron a ser conocidos en el colegio como El Dúo Sapomán.

—¿Y por qué dejaron de ser amigos? —le pregunté.

—Porque... no sé, quizá fue una tontería, pero en el último año del colegio, yo me enamoré de una chica que se llama Mariela. Hice todo lo posible para que ella se fijara en mí; la llamaba, la acompañaba luego del colegio a su casa, una vez la invité al cine, hasta le compuse una canción a la que titulé *Aunque me duela la muela, pienso en ti Mariela*, y le di una serenata... pero cuando me armé de valor y decidí pedirle que fuera mi novia, ella me dijo que no, porque ya Beto se lo había pedido antes y ella pensaba decirle que sí.

—Quizá todo fue culpa de la canción... *¿Aunque me duela la muela, pienso en ti Mariela?*

—Bueno, es que en esa época tenía un fuerte dolor de muela, pero de todas maneras siempre estaba pensando en ella y quería que lo supiera. Sí... ya sé que soy malo para los títulos.

—¿Y luego qué pasó?

—Pasó que Beto y yo dejamos de ser amigos. Él sabía que a mí me gustaba esa chica y no le importó.

—¿Él te pidió perdón?

—Sí, pero yo no lo perdoné. Luego, él no me perdonó que yo no lo perdonara. Y después yo no le perdoné que no me perdonara por no haberlo perdonado cuando me pidió perdón. Y luego ya nos confundimos un poco y dejamos de ser amigos. Al poco tiempo, supe que él y Mariela habían terminado, pero eso ya no importa.

—¿Lo extrañas?

—A veces sí. Fuimos durante muchos años El Dúo Sapomán, ¿no? La pasábamos muy bien, nos reíamos mucho; en una ocasión, le dije que si por cualquier motivo un día él perdía una oreja, yo le daría una de las mías. Beto me respondió que me agradecía, pero que si le pusieran una de mis orejotas, seguramente perdería el equilibrio y se iría al suelo. Luego él me ofreció un poco de su cerebro por si llegaba a necesitarlo... y yo le contesté: "Muchas gracias, pero preferiría un cerebro que ya haya sido utilizado por lo menos una vez". Beto era un buen tipo.

—¿Qué hace ahora él? ¿Sabes algo de su vida?

—Sí, supe que trabaja durante el día repartiendo pizzas en su moto. Y por la noche, estudia para veterinario.

—¿Sabes qué creo, Zintra? Que Beto es el enemigo más simpático que has tenido.

Ocho

Los comentarios sobre la fiesta de Velasco duraron por lo menos un mes después de nuestro cumpleaños. En clase, cada uno mostraba en las pantallas las fotos con Rittva, con el domador, con las focas y con los muñecos de nieve artificial.

Yo quería hacerme el sordo, pero para mi mala suerte siempre aparecía el despistado que en mitad de la clase me preguntaba:

—La fiesta estuvo buenaza. ¿Por qué no fuiste?

Y claro, antes de que yo respondiera, se escuchaba un coro de todos mis compañeros que respondían: "Porque no estuvo invitaaaado, ¡qué preguntaaaaaa!".

A la distancia, Velasco sonreía.

En aquella ocasión, no me ignoró sino que decidió acercarse a mí, me dio una palmada en la espalda y me dijo con la voz lo suficientemente alta como para que todos lo escucharan:

64

—Por cierto, Pancho, ¿qué tal estuvo tu fiesta?

—Estuvo buena —respondí tímidamente.

—Qué... ¿contrataste a un payasito y una piñata con caramelos?

Todos rieron con su pregunta.

—¡No! Mis papás contrataron a un ilusionista —usé esa palabra para que pareciera más importante, más divertida y espectacular.

—Ah... ¡un mago! ¡Qué original, a nadie en el mundo se le ocurre contratar a un mago! —dijo Velasco, con risita burlona—. ¿Y qué más? ¿Quizá algo más original como unos sombreritos de colores y serpentinas?

No podía quedarme como un tonto y decirle que en mi fiesta solo había tenido un mago, dos primos rateros, tres tías besuconas, un tío sordo, tres hermanos aburridos y mi perro Choro.

—Bueno, hubo un ilusionista y un show galáctico y un espectáculo de terror y un castillo inflable y un DJ y un helicóptero

—en ese momento recordé lo de las focas y no quise quedarme atrás—, y también un oso panda.

Velasco abrió los ojos sorprendido.

—¡¿Un oso panda?!

—Sí, muy grande y bonito.

—¿De dónde te lo sacaste?

Tenía que inventar algo rápidamente:

—No lo sé, mi papá lo consiguió a través de un amigo y se ha quedado con nosotros toda la semana.

—¡¿De verdad?! ¡¿Un oso panda?!

Velasco puso tal cara de asombro que pensé que había conseguido impresionarlo e, incluso, hacerle sentir un poco de envidia. Casi, casi, me emocioné por mi aparente triunfo.

—Espera un momento —me dijo y desapareció corriendo por el pasillo de los salones de clase.

Al rato, llegó de la mano de la linda Rittva y dijo:

—Le he contado a Rittva que tienes un oso panda en tu casa y ella dice que le encantaría que la invitaras a conocerlo.

Rittva sonrió emocionada y añadió:

—Sí, Pancho, por favor, invitarme a tu casa, yo quiere ver un osita panda.

Velasco sonrió. Y yo comencé a temblar.

—Anda, Pancho, no puedes negarte; esta es tu oportunidad para complacer a nuestra querida amiga Rittva —sugirió él, seguro de que me estaba enfrentando a un problema muy, pero muy gordo.

Me miró con desprecio, seguro de que yo me negaría, pero yo no lo hice. Tomé fuerza para que no se me notara que estaba temblando y le dije a Rittva que podría venir a mi casa al día siguiente para que viera al oso panda con sus propios ojos.

Esa misma tarde, llamé a Zintra y le dije angustiado:

—¿Dónde puedo conseguir un oso panda?

—Creo que hay uno en un zoológico de China, pero no estoy seguro de que te lo presten.

—¡Es en serio, Zintra! Le dije una mentira a Velasco y ahora estoy metido en un lío.

Le conté el problema y le pedí, le rogué y le supliqué que me ayudara a solucionarlo.

—¡Para eso eres mago, Zintra; tienes que hacer que aparezca un oso en el patio de mi casa!

Pero a Zintra no se le ocurría un hechizo que sirviera para transformar a Choro, mi perro salchicha, en un enorme y tierno oso panda, y solo teníamos un día de plazo para resolver mi problema.

Tras horas y horas de darle vueltas al asunto, a Zintra se le ocurrió una idea. No era la mejor del mundo, pero no teníamos una mejor opción.

Al día siguiente, la linda Rittva llegó a mi casa a eso de las cuatro de la tarde. Estaba emocionada. Y yo mucho más. Cuando mi hermano Pablo la vio entrar, se le pusieron los ojos cuadrados. Él no se imaginaba que yo hubiera conseguido llevar a casa a la chica más linda del colegio.

La hice pasar a la sala y le hablé tal y cómo Zintra y yo lo habíamos planeado. Le dije que los osos panda son muy bonitos y tienen un aspecto muy tierno, pero que en realidad son animales que pueden ser violentos y agresivos.

—Se ha sabido de osos panda que han arrancado brazos y piernas a sus cuidadores. La pobrecita de Rittva comenzó a mirarme con algo de preocupación.

—Tranquilízate —le dije yo—, al oso panda que tenemos en el jardín, lo hemos atado muy bien con un hilo.

—¿De acero? —preguntó ella alarmada.

—No, es un hilo de los que usa mi mamá para pegar los botones de las camisas de mi papá.

La pobre comenzó a temblar y fue ese el momento en que Zintra, en el patio, subió el volumen de los parlantes de la computadora, en la que nos habíamos bajado los rugidos furiosos de un león. La casa retumbaba con el ruido; parecía como si tuviéramos una manada de frenéticos leones africanos en el patio.

—No sé si querer ver al osita panda —dijo Rittva con voz nerviosa.

—¡Claro que sí, no te asustes! La verdad es que el oso está nervioso, hambriento y de muy mal humor, pero creo que no hay nada que temer; además está aquí su domador profesional.

En ese momento, hizo su entrada espectacular Zintra, que para la ocasión se había disfrazado de domador. Tenía un pantalón negro roto en la rodilla, un par de botas viejas, no llevaba camisa y se había puesto un pequeñísimo chaleco rojo. Además, tenía un pañuelo brillante en la cabeza (que se lo había pedido prestado a su abuela) y un látigo fabricado con un cinturón desgastado de mi mamá.

Zintra entró a la sala con cuatro arañazos
en el estómago (pintados con témpera roja),
parecía como si el oso le hubiera lanzado un
zarpazo violento. Su pantalón en harapos y
su gesto de terror eran geniales.

—Hola —dijo él—, creo que estamos listos.
El oso está de muy mal humor y creo que
tiene hambre. Si quieren pasar a verlo, está
en el jardín. Solo quiero pedirles que no se

acerquen demasiado, porque se puede sentir amenazado y pararse en dos patas. En ese caso, el oso tendrá una altura de dos metros y medio, y la fuerza de un elefante. Podría convertirnos en puré a todos nosotros, de un solo golpe.

Rittva se levantó nerviosa y antes de que pudiera pronunciar una palabra, mi hermana Valentina comenzó a dar alaridos en el patio y a golpear con una escoba en la puerta metálica de la cocina: "¡Se escapóooo, se escapóoooo, agárrenloooo!". Mi hermana había accedido a participar a cambio de que le prestara mis nueve muñecos de G.I. Joe para que se casaran con sus barbies. Tuve que decir que sí, aunque yo no deseaba que mis muñecos asumieran ese tipo de responsabilidades tan pronto.

Al escuchar los gritos de Valentina, Rittva se puso más blanca de lo que ya era; yo la tomé de la mano, mientras que, con voz fuerte y valiente, le decía:

—¡Vamos! ¡Debemos salir de la casa, yo te protegeré!

La llevé hasta una heladería que quedaba en la esquina; desde ahí llamamos a su mamá para que pasara a recogerla, y antes de irse, me dio un beso y me agradeció por haberle salvado la vida.

Con eso me quedó claro que, o tenía mucha suerte... ¡o Zintra era un verdadero mago!

Un año más tarde...

Uno

Lo del fútbol no tuvo el resultado que yo esperaba. Lo primero que hice, con los ahorros que tenía, fue comprarme toda la indumentaria: zapatos de cuero con toperoles, dos uniformes, varios pares de calcetines, canilleras, guantes por si me tocaba la portería... y un botiquín de primeros auxilios.

Lo que más utilicé fue el botiquín.

Entrenaba por las tardes, luego de clases. El primer mes me tuvieron corriendo como si me persiguiera un oso panda, porque el entrenador decía que yo tenía el estado físico de una monjita con reumas.

Luego de dos meses de correr y correr, mis piernas estaban a miles de kilómetros de distancia de las piernas mundialistas del Pájaro Robles. Si las de él eran como gruesos troncos de árboles, las mías eran unas tímidas ramitas de manzanilla.

Luego de agotadores entrenamientos, yo solía preguntarle al entrenador: "¿Ya puedo jugar?". Y él, casi sin mirarme, me respondía que la próxima.

Pero la próxima yo seguía sentado en la banca.

Y la próxima también.

Hasta que comencé a perder las esperanzas de que "la próxima" llegara.

Por suerte, Dios oyó mis plegarias y algo maravilloso ocurrió: una epidemia de tos afectó a medio colegio y, por ese motivo, muchos de los jugadores tuvieron que quedarse en sus casas hasta recuperarse. Es así que me convertí en el jugador necesario para completar el equipo. De no haber sido por ese motivo, el único césped que yo habría pisado en mi vida habría sido el de mi casa, cuando mi mamá me obligaba a que limpiara las "gracias" que hacía mi perro Choro.

Al preguntarle al entrenador mi posición, él me dijo que iba de volante; eso quería decir que debería mantenerme en el medio campo, apoyando a los defensas y a los delanteros.

Yo estaba emocionado, daba brinquitos para no perder la elasticidad muscular, sentía que el corazón se me saltaba del pecho, respiraba agitadamente, trataba de recordar todas las instrucciones que el entrenador siempre daba a los demás, miraba detenidamente cada jugada, esperaba el momento de que alguien me pasara el balón.

Casi podía imaginar mi futuro como un famoso futbolista, jugando en el Bernabeu o en el Maracaná. Con el Real Madrid y el Manchester peleándose mi fichaje. Con el jabón Honey auspiciando mis piernas mundialistas. Con Rittva y cientos de *top models* disputándose mi amor. Con el bicho de Velasco remordiéndose de envidia. Y celebrando la mejor y más concurrida fiesta de cumpleaños de la historia, con todos mis amigos futbolistas y actores famosos de Hollywood.

Tan entregado estaba a mis fantasías, que no escuché el grito de otro jugador volante que me decía: "¡Tuya, García!".

El balón voló en mi dirección. Lo vi acercarse en cámara lenta, aunque en realidad debía viajar a dos mil kilómetros por segundo. Por un instante, pensé levantar las piernas, hacer una chilena, recibir de taquito o con el pecho, quizá con la cabeza. Cuando reaccioné, ya fue demasiado tarde. El balón, con la fuerza de un misil, aterrizó en mi nariz y me rompió el tabique en tres partes.

Quizá la crema para golpes Dolorín habría querido auspiciarme.

Dos

Mi hermano Pablo me decía a la hora del desayuno, burlón como siempre, que yo debería inventar una nueva variedad de fútbol que se juegue con la nariz.

Si yo hubiera tenido una nariz lo suficientemente poderosa, le habría caído a narizazos. Pero él era más grande y más fuerte que yo.

¡Qué desastre! Mi mala experiencia en la cancha de fútbol había logrado desanimarme y desinflar mi pobre reputación en el colegio, justo cuando me encontraba planificando mi nueva fiesta de cumpleaños. Esta vez yo sabía que iba a ser mucho más difícil invitar a mis compañeros y convencerlos de que mi fiesta sería más divertida que la de

Velasco. Nadie quiere ser amigo del peor jugador del equipo del colegio. Nadie quiere ser amigo del mejor jugador de "fútbol de nariz". Nadie quiere ir con el que organiza las fiestas más aburridas. A punto de cumplir los nueve años... tenía que admitir que Velasco estaba lleno de amigos y que yo me encontraba cada día más solo.

Según el calendario, el primero de marzo sería sábado. Faltaba un mes para la fecha. Otra vez me vi sentado en la mesa de la cocina con mis papás, charlando sobre la organización de mi fiesta. En esta oportunidad, Zintra, que ya era como de la familia, también estuvo presente.

—Quiero algo divertido, por favor —supliqué—. Voy a cumplir nueve años y esta quizá sea mi última oportunidad para tener amigos. ¡Tiene que ser una fiesta a la que todos quieran venir!

—¡Ya sé! —dijo mi mamá, emocionada—. Yo podría hacer un pastel de chocolate y preparar té para los tíos.

—¡Excelente! —gritó mi papá como si mi mamá acabara de inventar el remedio para la calvicie—. Invitaremos a los primos, compraremos helados y dulces, gorritos de colores para todos los invitados, serpentinas y, claro, ¡tendremos la función especial del asombroso, inigualable, extraordinario magooooo Zintraaaaaaa Internacional!

Lo de internacional tenía que ver con el hecho de que Zintra había hecho un curso de inglés y ya podía decir algunas palabras en ese idioma: "Damas y caballeros, *ladies and gentlemen...*".

Zintra sonrió y agradeció los aplausos emocionados de mi papá. Él pensaba que esos aplausos se debían a sus incomparables trucos de magia, pero no, se debían a que mi papá estaba seguro de que esta vez Zintra actuaría gratis. Y todo lo que era gratis, a mi papá le parecía estupendo. Más aun cuando todavía no terminaba de pagar la operación reconstructiva de mi nariz.

Tener cuatro hijos no era fácil, y mi papá tenía que hacer más magia que Zintra para que el dinero alcanzara hasta final de mes. Recuerdo que en uno de los cumpleaños de mi hermano Pablo, a mi papá se le ocurrió proponer el juego de "póngale la cola al burro". En una tienda de artículos para fiestas, vendían un afiche plástico con el dibujo de un burro, muy grande y bonito, junto con un empaque lleno de colas adhesivas para colocarlas en el sitio preciso. Cuando mi papá vio el precio, dijo: "Esto me sale tan costoso como comprar un burro vivo. ¡Qué barbaridad! ¡Pero si lo puedo hacer yo mismo!".

Y para desgracia de mi hermano Pablo... lo hizo. Cabe mencionar que mi papá es pésimo para el dibujo. Compró un pliego de cartulina y unas témperas, y durante toda la tarde, se pasó dibujando a lápiz (y luego borrando) lo que él pensaba que parecería un burro. De rato en rato, llamaba a mi mamá y le preguntaba qué le parecía su obra de arte. Mi mamá le decía: "¿Por qué tiene tres orejas?", y él le respondía: "La de la mitad es la nariz, porque tiene la cabeza en alto". Y luego mi mamá le decía: "Quizá si le alargas las patas y le acortas el pescuezo, y le cambias las orejas de gato...". Al final, en la fiesta de mi hermano, cuando mi papá entusiasmado llamó a los otros niños para que jugaran a ponerle la cola al burro, el cartel se despegó y cayó al piso. Cuando intentaron colgarlo, nadie sabía cómo hacerlo porque las orejas parecían patas, y la pata parecía nariz, y la cara parecía cola. Además, la témpera aguada con que mi papá lo coloreó se había corrido y todo tenía un aspecto tenebroso. Un niño dijo entonces: "¡Qué divertido!

¡Nunca había jugado a ponerle la cola al chupacabras!".

Cuando mis papás me comentaron su propuesta tan parecida a la del año anterior, y a la del anterior y a la del anterior... sentí que me desinflaba. Me di cuenta de que nunca podría hacer una fiesta mejor que la de Velasco y nunca podría tener amigos en el colegio. Lo mío parecía una pesadilla peluda, una condena.

Minutos más tarde, Zintra y yo nos quedamos solos en la cocina; él me miró preocupado y me dijo:

—No te gustó la idea, ¿verdad?

—No.

—Pues entonces pensemos en otras opciones; quizá podemos organizar una fiesta distinta.

—No lo creo. Mis papás no pueden gastar más.

—¿Y quién te ha dicho que el dinero es un problema?

—No. Yo no pienso que el dinero sea un problema... en este caso el dinero sería la solución.

—Se me acaba de ocurrir una idea genial —dijo Zintra, con los ojos iluminados.

—¡¿Qué?! ¿Vamos a robar un banco?

—No. Vamos a hacer algo mucho mejor que eso.

Luego suspiró, me miró profundamente a los ojos y pronunció su frase predilecta:

—La magia tiene sus misterios.

Tres

Zintra se sentó frente a la pantalla del computador y usó todos los motores de búsqueda en Internet para localizar a cantantes, actores famosos y celebridades.

Ahí aparecieron los sitios web de Shakira, Elton John, Britney Spears, Juanes, Miguel Bosé, Beyoncé, Johnny Depp, Cristiano Ronaldo, David Beckham, Su Santidad el Papa, la Reina de Inglaterra y otros más.

—¿Puedo saber qué haces? —pregunté intrigado.

—Estoy haciendo tu lista de invitados.

—¡Se te salió un tornillo, Zintra! ¿Shakira? ¡¿El Papa?! A mi cumple solo vienen mis primos, y eso porque se roban mis juguetes.

—¡Hay que soñar en grande, Pancho! No me mires así. Si tus compañeros de clase no quieren venir porque piensan que ese tal Velasco organiza mejores fiestas que las tuyas... pues esta vez lo van a lamentar.

Zintra estaba loco, no cabía duda, pero tenía un plan. Según él, los famosos del cine y de la tele se hacían más famosos si se mostraban solidarios con la gente que estaba atravesando situaciones difíciles. Por situaciones difíciles, yo entendía terremotos, tsunamis y cosas así; pero, según Zintra, lo que a mí me ocurría también era grave porque estaba afectando mi estabilidad y mi felicidad.

—Velasco es para ti como un terremoto emocional, ¿no?

—Bueno, sí, pero ¿cómo se supone que haremos para invitar a todos esos famosos?

—Sencillo, les enviaremos una carta que les remueva el corazón, y ellos no podrán negarse.

—¡Pero no tenemos dinero para enviarles boletos de avión ni para pagarles lo que ellos ganan!

—No seas bruto, Pancho, el dinero lo tienen ellos porque son famosos. Nosotros solo tenemos que invitarlos, ¡y punto! Te

aseguro que les encantará salir en el periódico y en la tele, acompañando en su cumpleaños a un niño con problemas llamado Miguel Francisco Santiago García... ¡y ese eres tú! Hace pocos días, vi en televisión un programa en el que ayudan a la gente normal a que cumpla su sueño. Una chica soñaba con que Ricardo Arjona le llevara una serenata, ¡y Arjona fue a visitarla!

—¡Es increíble!

—¡Ajá! ¿Te imaginas lo que habrá sentido ella?

—No. Digo que es increíble que alguien quiera escuchar a Arjona. Ese no parece un sueño cumplido, sino una pesadilla hecha realidad.

Zintra se veía realmente convencido con la idea de llevar a mi fiesta a todas esas celebridades, pero yo no creía que fuera tan fácil.

Intenté imaginar cómo sería esa fiesta. Vi a Shakira entrando a la sala de mi casa con sus brazos abiertos y diciendo con su voz mágica: "Feliz cumpleaños, Pancho, no podía dejar de venir". Mis rodillas comenzaron a temblar.

Luego imaginé que mi abuela estaría feliz de tomar el té con el Papa, aunque seguramente lo atormentaría con el tema de conversación que más le gusta: "Mis hijos son los mejores y mi marido es un viejo sinvergüenza". Mi abuela siempre habla de lo mismo y lo mismo, y cuando hay un extraño en casa, ella comienza a inflar el pecho y decir cosas como: "Mi hijo Pedro, el ingeniero que trabaja en una empresa canadiense...". O: "Mi hija Laura, que se graduó de arquitecta en los Estados Unidos...". O: "Mi marido que es un viejo verde que solo se pasa roncando". Pobre Papa, si llegaba a asistir a mi fiesta de cumpleaños, se iba a aburrir un poco.

Imaginé a Cristiano Ronaldo firmando mi camiseta de fútbol (y mi botiquín). A Miguel Bosé y Elton John bailando en la mitad de la sala y haciendo trencito. Y claro, también imaginé que mi hermano Pablo intentaría besar a Beyoncé. Pablo tenía trece años, una edad extraña en la que, por lo visto, lo único que se desea es comer como un cerdo y besar a una chica.

Seguramente mi mamá se sentaría con la Reina de Inglaterra a intercambiar recetas de cocina, y mi papá le enseñaría su nuevo celular (cuando mi papá tiene celular nuevo se lo muestra hasta al perro).

—Zintra, ¿de verdad crees que toda esa gente quiera venir a mi fiesta?

—Toda no. Seguro hay alguien que ya tiene otro compromiso, pero vas a ver que logramos juntar a un buen grupo de *panas*. La magia tiene sus misterios, Pancho, mi varita me dice que esta vez todo funcionará de lo mejor. Ven, vamos a escribir la carta de invitación.

Cuatro

Yo esperaba que esa varita no estuviera equivocada. Esa tarde escribimos una carta modelo que nos serviría para todos los invitados. Lo único que tendríamos que hacer sería cambiar los nombres y ciertos detalles. Por ejemplo, en la carta para Shakira, decía: "La admiro mucho por su forma de *cantar*". En la carta de la Reina de Inglaterra, decía: "La admiro mucho por su forma de *reinar*". En la del actor Johnny Depp, decía: "Lo admiro mucho por su forma de *actuar*". Y en la carta del Papa, decía: "Lo admiro mucho por su forma de *papear*".

Luego de dar muchas vueltas y corregir la ortografía, logramos una emotiva, dramática y conmovedora carta de invitación a mi fiesta de cumpleaños. Zintra decía que para lograr que se sacudieran los corazones de los invitados tendríamos que ser muy, pero muy, sensibleros y casi llorones. Zintra decía que si al leerla ellos se desataban en llanto, ¡el éxito estaba garantizado!

Este fue el modelo de carta que utilizamos para enviar por correo electrónico a la Reina de Inglaterra:

Estimada Reina de Inglaterra:

Mi nombre es Francisco García y pronto cumpliré nueve años. Mis papás han organizado una fiesta en mi casa que será el sábado 1 de marzo, a las 4 de la tarde, y quisiera invitarla (si usted tiene un marido, o sea el rey, también está invitado).

La admiro mucho por su forma de reinar. Yo creo que usted es una muy buena reina. ¡Buenaza!

Yo estoy atravesando por un momento difícil. Hace poco me rompí la nariz y me dolió mucho. Pero además no tengo amigos. Y eso, como usted se podrá imaginar, es muy triste. Muy triste. Tanto que a veces me pongo a llorar y digo: "¡¿Por qué no tengo amigos, por qué, POR QUÉEEEE?!".

Todo se debe a que un compañero de clase que

se llama Efraín, que me odia y ha convencido a todos para que no vuelvan a ser mis amigos. Efraín cumple años el mismo día que yo y a su fiesta están invitados los 27 compañeros del salón, excepto yo. Por eso, mis fiestas son siempre muy tristes y aburridas y solitarias y deprimentes. Y claro, yo sufro por eso.

Si usted, estimada Reina, y otras celebridades a quienes estoy invitando, pudieran asistir, me harían muy feliz. Yo sé que a usted le gusta hacer feliz a la gente triste como yo. Por eso, es una reina muy buena.

Al final de este mensaje, va la dirección de mi casa y un plano, porque no es muy fácil llegar (es que están haciendo unas obras a lo largo de la ciudad y todas las calles están revueltas, con montones de piedras y tierra).

Por favor, querida Reina, acepte mi invitación. Habrá pastel de chocolate, dulces, un mago muy bueno que se llama Zintra y fotógrafos y camarógrafos.

Recuerde, esta es su oportunidad de hacer feliz a un niño de nueve años que no tiene amigos.

La saludo con mucha admiración y respeto,

Francisco García

Cinco

Zintra se encargó de enviar las cartas a todas las direcciones de contacto que figuraban en los sitios web de los famosos. Pero, además, creyó necesario adjuntar una fotografía en la que yo apareciera triste y preocupado, porque pensaba que eso le daría a la carta un sentido más humano. Tomó la cámara de sus papás, se paró frente a mí y comenzó a darme unas instrucciones complicadísimas:

—Bien, Pancho, esto es fácil, debes poner cara de "soy un niño triste, preocupado, solitario, sin amigos, piernas flacas, nariz rota, decepcionado de la vida y con padres pobretones".

—¿Qué? ¡No puedo!

—De acuerdo, si no sabes cómo, entonces pon cara de "soy un niño enamorado de una finlandesa rubia de séptimo grado que me dice Pancha y que no se fija en mí".

—Es muy difícil lo que me pides, Zintra.

—¡No es difícil! ¡Ponte las pilas y colabora, caray! Recuerda que se trata de tu fiesta. Entonces, pon cara de "me duele la nariz".

La cámara hizo clic, y la foto quedó perfecta.

—¿Lo hice bien?

—En realidad tienes cara de "quiero estornudar y no lo consigo", pero la foto nos servirá.

Luego de cumplir con nuestra misión, sentí que se me ponía la piel de gallina. No imaginaba lo que podría pasar si una fiesta como la que Zintra había planeado ocurría en mi casa.

Cada vez que le decía a Zintra que me parecía una locura, ¡un imposible!, él me decía que yo pensaba como un perdedor. Que los sueños tenían que ser locos, porque de lo contrario soñar sería muy aburrido.

A partir de ese día, mi corazón comenzó a latir con una intensidad especial. Quería creer, como Zintra, que las cosas locas podían convertirse en realidades.

Fui al colegio emocionado, pero traté de lucir mi cara más fresca y relajada. Esperé que algunos de mis compañeros estuvieran cerca, me aproximé a ellos y les comenté que a mi fiesta de cumpleaños invitaría a muchos famosos.

—¿A quiénes? —preguntaron con curiosidad.

Y cuando mencioné algunos de los nombres, ellos soltaron una carcajada.

—¿Estás loco, García? ¿Desayunaste un camarón descompuesto? ¿Acaso te cayó un piano en la cabeza y te quedaste tonto?

—¡Es en serio! —les dije, pero ellos se dieron media vuelta y desaparecieron mientras me dedicaban el nombre "cerebro de chicharrón".

—¡Nadie me creyó! —le conté esa tarde a Zintra—. Se rieron de mí.

—¡No importa, Pancho! Esta vez no queremos que vengan a tu fiesta... ¡queremos que se la pierdan para que lo lamenten por el resto de sus vidas! ¡Queremos que al ver las fotos y los videos en la tele te supliquen que los invites la próxima vez! ¡Queremos que lloren de rabia en sus casas cuando sepan que bailaste con Beyoncé y que Elton John te cantó *Las mañanitas*! Queremos que se les revuelvan las tripas cuando sepan que mientras ellos estuvieron en la fiesta de Velasco vestidos de hawaianos y hawaianas, tú estuviste comiendo pizza con la Reina de Inglaterra.

No me gustó que se rieran de mí. Sentía una rabia infinita cada vez que recordaba los ojos de burla con los que me miraban. Por primera vez, me invadió un profundo deseo de que mis compañeros sufrieran una repentina descomposición estomacal y que a mis compañeras les creciera la nariz.

No se me olvidaban las palabras que me habían lanzado entre risas: "Cerebro de chicharrón, cerebro de chicharrón".

Seis

Día tras día, Zintra y yo nos sentábamos frente al computador y mirábamos la pantalla por horas, esperando que algún mensaje, con la letra en negrita, nos anunciara una respuesta positiva de cualquiera de los invitados.

A primera hora de la mañana, él me enviaba un mensaje al teléfono que decía: "¿Noticias?". Y yo respondía: "Nada".

Zintra me animaba, diciéndome que no debía preocuparme, que todo saldría bien, que los famosos están muy ocupados y que lo normal es que tengan su agenda llena de actividades y complicaciones.

—No te preocupes, Pancho —insistía él—, la magia tiene sus misterios, ya verás que todo sale bien.

Transcurrió una semana completa y no tuvimos ningún resultado. En la bandeja de entrada de mi correo electrónico solo aparecía un mensaje *spam* de una pizzería en la que registré mis datos para que me enviaran sus promociones.

Al final de la segunda semana, sentí que todo se iba al piso. No teníamos ninguna respuesta. El plan estaba fracasando. Ni uno solo de los famosos que habíamos invitado había dicho ni pío.

Me miré al espejo y descubrí que tenía cara de "quiero estornudar y no lo consigo".

Aquella mañana, Zintra me llamó y me dijo:

—Esperaremos hasta esta tarde. Si no nos responden, entonces pasaremos al plan B.

—¿Tenemos un plan B?

—Eh... bueno, sí, claro, más o menos... —respondió Zintra con la voz temblorosa, y yo me di cuenta de que todas esas palabras querían decir que no.

Estaba triste, preocupado, molesto y frustrado. Llegué al colegio con una extraña sensación en el estómago, como si hubiera desayunado una mosca. Eso me pasaba también en época de exámenes.

Pero las cosas siempre pueden ser peores: Velasco llegó a clases, esperó a que todos estuviéramos dentro del salón y lanzó la primera información sobre la organización de su siempre esperada fiesta de cumpleaños:

—Este año va a estar buenísima, mucho mejor que los años anteriores.

—¡Cuenta! —le pidieron todos.

—Voy a tener un invitado muy especial. No tan especial como los de nuestro amigo Pancho, que, según dice, se traerá a todo Hollywood y a toda la realeza, pero les aseguro que el mío sí va a llegar.

Todos rieron con el comentario y me miraron como si yo fuera una hormiga talla *extra small*. Sus risas me sonaron a "Pancho, cerebro de chicharrón". Era evidente que a mi archienemigo le habían llegado las noticias de mis invitados y quería hacerme la competencia.

—¿Quién es ese invitado? —preguntó Diego Pardo.

Velasco volvió a su pupitre, lentamente sacó de su mochila un papel doblado en cuatro, que al desplegarlo se convirtió en un afiche. Lo puso frente a todos y les dijo:

—¿Lo conocen?

Toda la clase se quedó en silencio. Ninguno podía pronunciar ni una sola palabra de tanta emoción.

En ese afiche estaba el Pájaro Robles. El mejor entre los mejores futbolistas de la historia. El de las piernas mundialistas. El del gol de la clasificación. Mi ídolo...

La persona a la que yo más admiraba en el mundo, y a quien nunca podría decirle que yo quería ser como él. No podría decírselo porque Velasco jamás me invitaría a su fiesta.

Maldición.

Siete

Nadie respondió. Tres semanas después, mi correo electrónico no tenía ningún mensaje nuevo. Ni un sí, ni un no. Al parecer, los famosos están más ocupados de lo que nosotros imaginábamos. Y Zintra y yo estamos más locos que una cabra.

Él se acercó a mí y me dijo:

—Lo siento.

—No importa —le respondí—, quizá fue un sueño demasiado loco. Pero fue bonito soñar, ¿no?

Ocho

El día sábado, primero de marzo, mis papás entraron muy por la mañana a mi cuarto, como siempre, y me cantaron el Feliz cumpleaaaaaños a tiiiii. Yo no estaba feliz. Pero traté de disimular.

Mi mamá me llenó de besos. Mi papá, como siempre, me lanzó un breve sermón de lo que significa crecer, y ser más responsable, y ser un mejor hijo, y ser más responsable y no sacar malas calificaciones, y ser más responsable, y no decir palabrotas, y ser más responsable. Mi papá siempre me decía que debía ser bueno... incluso cuando tuviera muchas ganas de ser malo.

De inmediato, vino el momento romántico, que ya me lo conocía de memoria porque año tras año se repetía, y comenzaba con una frase que mi mamá le dirigía a mi papá:

—¿Te acuerdas que hace nueve años estábamos viendo el capítulo final de la telenovela *Nuestro amor prohibido* y comencé a sentir los dolores del parto?

Esa era una historia que yo odiaba. Si no hubiera sido por culpa de esa novela, yo habría nacido en un día distinto, en un mes distinto, y Velasco no tendría pretexto para hacerme la vida imposible.

Mi regalo fue un par de zapatos muy bonitos. Llevaba meses pidiendo que me los compraran, pero en una familia con tres hijos varones, mis papás siempre practicaron la ley del zapato heredado. A mí me tocaban los que ya no le quedaban a Pedro ni a Pablo. Casi siempre zapatos desgastados, con la suela como una lengua sedienta, que mi padre sabía devolver a su sitio gracias a un pegamento que olía a perro muerto.

Cuando me los probé para confirmar que fueran de mi talla, mi papá miró al cielo y dijo:

—Dios, los he pagado a crédito, te pido por favor que a mi hijo no le crezcan los pies hasta que cumpla 18 años. Amén.

Luego, mi mamá me anunció que todo estaba listo para mi "magnífica" fiesta.

Con alegría, me dijo que el menú había sufrido una pequeña variación: en lugar de papas fritas, comeríamos pizza. Desde el viernes, había encargado a Deli Pizza cinco pizzas tamaño familiar con jamón, queso, pepperoni...

—¡Y sin aceitunas! —añadió mi papá, para hacerme saber que mi odio por esas bolas verdes había sido considerado y respetado, en honor a mi cumpleaños.

Los abuelos, los tíos y los simpáticos primos ya habían sido avisados. Zintra se encargaría de animar la fiesta con nuevos trucos de magia aprendidos en Internet.

Y aunque todos parecían satisfechos, yo sabía que aquel sería el peor día de mi vida.

Mientras yo estuviera en mi casa comiendo pizza (sin Johnny Depp, sin el Papa y sin Shakira) y viendo a Zintra sacar un calcetín con cara de conejo de su sombrero de mago... el mismísimo Pájaro Robles estaría en la fiesta de Efraín Velasco, compartiendo con todos mis compañeros.

Si desde Saturno un extraterrestre lanzara un escupitajo a la Tierra... con la buena suerte que tengo, de seguro me caería a mí.

El primero de marzo era el peor día de mi vida.

Nueve

La fiesta fue como siempre. Aburrida. Aburrida. Aburrida.

Lo único bueno fue que alcancé a esconder mis canicas, y mis primos tuvieron que robar otros juguetes, que afortunadamente resultaron ser de mi hermano Pablo.

Todos llevábamos gorritos de colores brillantes, pero el mío era especial porque tenía letras doradas que formaban un travieso *"Happy Birthday to me"*.

Luego del concurso de "Póngale la cola al chupacabras", que mi papá rescató de la bodega con orgullo, llegó el momento de Zintra y su espectáculo. Me sorprendí al descubrir que en un año había logrado perfeccionar algunos trucos y ya era capaz de adivinar la carta que uno de los invitados había extraído del mazo. Es verdad que no adivinaba a la primera... ¡pero sí en el décimo intento!

Además había invertido algo de dinero en adecentar su vestuario. Telas con colores estridentes decoraban su chaleco, su camisa y su capa.

En mi fiesta todos bostezaban. Hasta mi perro Choro se quedó dormido en medio de la sala y mi abuelo comenzó a roncar tan pronto se sentó en el sofá. Todos los invitados tenían ganas de comer pizza e irse. Yo tenía ganas de que ese día se terminara para siempre.

A las cinco, mi mamá dio muestras de impaciencia porque las pizzas no llegaban; entonces, decidí salir, con mi gorrito de colores en la cabeza, y sentarme en la acera por si el motociclista tenía problemas para encontrar la dirección. Las calles estaban revueltas por causa de las obras del municipio y los desvíos confundían a todos.

Cuatro globos de colores, pegados en la puerta de mi casa, eran el símbolo de que ahí dentro había una fiesta "divertida". Cada vez que yo pasaba por la calle y veía unos globos como esos, me ponía a imagi-

nar las cosas que estarían ocurriendo en el interior. Los globos sugieren alegría. Si es así, en mi caso deberían reemplazarse por cuatro murciélagos negros.

No podía dejar de imaginar lo que, en ese mismo momento, estaba pasando en la fiesta de Velasco. A solo diez minutos de mi casa, el Pájaro Robles, mi ídolo, estaría firmando fotos, afiches, camisetas, balones, calcetines y hasta los cachetes de mis compañeros de salón... y yo no estaba ahí. El lunes siguiente, y durante un año seguido, todos comentarían que esa había sido la mejor fiesta de la historia. Él seguiría siendo el ídolo. Y yo el tonto más simplón del mundo.

Si Velasco quería hacerme sentir como una insignificante mosca de pantano... lo había conseguido.

Al rato, Zintra salió a hacerme compañía.

—¿Te encuentras bien? —me preguntó.

—Más o menos.

—Yo creo que tu fiesta estuvo buena.

Volteé y lo miré seriamente.

—De acuerdo, no te enojes —añadió él—, tu fiesta estuvo un poco aburrida. Muy aburrida. Insoportablemente aburrida. ¡Hasta un funeral sería más divertido!

—¡Ya, no exageres!

—No exagero, tus abuelos roncan. Tus tíos miran al techo. Tus primos han comenzado a hacer competencia de quién logra mover las orejas (hasta ahora ninguno lo ha conseguido) y tus hermanos hace rato que se fueron a ver televisión. Ante eso, he pensado que quizá el próximo año podríamos organizar una fiesta en que...

—¡No, Zintra! —interrumpí—. ¡El próximo año no habrá fiesta! Se acabó, Velasco ganó la pelea y es hora de que yo comience a aceptar que en el colegio a nadie le interesa ser mi amigo. Creo que para ellos solo soy un cerebro de chicharrón.

Nos quedamos en silencio y luego Zintra me dijo:

—Yo soy tu amigo.

—Lo sé. Gracias.

Zintra se levantó de la acera, yo permanecí sentado y escondí mi cara entre las rodillas. Quería llorar de rabia.

Sin que dijera ni una sola palabra, mi amigo, el mago, entendió que yo prefería estar solo.

No sé cuánto tiempo transcurrió en la espera de que las pizzas llegaran. En mi cabeza, solo rondaba la idea de "¡quiero que este día se termine!".

De pronto, escuché el rugido de un motor que se acercaba. Volteé a mirar y me di cuenta de que se trataba de una moto. "Ya era hora", pensé. Lo único que habría faltado para que mi cumpleaños fuera un absoluto fracaso era que la pizza no llegara.

—¿Es aquí la fiesta de cumpleaños? —preguntó el conductor, levantando la visera del casco oscuro y mirando los globos de la puerta.

—Sí —respondí con seriedad—, llega tarde. Si se demora un poquito más, habría llegado el 5 de marzo. ¿Dónde están las pizzas?

—¡No me dijeron que debía traer pizzas! —dijo preocupado—. Y llego tarde porque las calles están destruidas y la verdad es que entre tanto laberinto me perdí.

Muy molesto, ante lo que parecía ser otro capítulo en la telenovela *La fiesta desastrosa*, le dije con poca paciencia:

—Si no ha traído las pizzas, ¡¿entonces, qué rayos hace aquí?! ¡¿Acaso se cree usted el invitado especial?!

En ese momento, el hombre respondió que sí, se retiró el casco y yo descubrí que no era el repartidor de Deli Pizza.

A tan solo un metro de distancia estaba el mismísimo Pájaro Robles y sus piernas mundialistas.

Sentí que me iba a desmayar.

Diez

—Tú debes ser Efraín Velasco —me dijo el Pájaro, rodeándome en un fuerte abrazo—. Tu tío, que es mi buen amigo, me invitó a tu fiesta. Pero el camino ha sido muy complicado; lamento llegar tarde. Entre tanto desvío, me perdí, y olvidé traer mi teléfono celular. Vamos a entrar, ¿no? Me imagino que tus invitados nos están esperando.

En ese momento, un millón de ideas pasaron por mi cabeza. El corazón me latía a mil por hora, no podía pronunciar ni una sola palabra y sentía que mis cachetes estaban rojos como dos tomates.

"Él cree que yo soy Efraín Velasco", pensé.

Y en un segundo, logré planificar la mejor película de mi vida:

"Sí, claro, yo soy Efraín Velasco. Entremos. Siento mucho haberte hablado así, te confundí con otra persona... con el chico que reparte las pizzas, pero claro, ahora veo que tienes una nave espacial en lugar de una moto repartidora y tú no tienes cara de pizza, sino de ídolo del Mundial. Adentro, están mis primos, mis abuelos y mi familia; ven para que los conozcas".

Ese se convertía, mágicamente, en el cumpleaños más maravilloso de mi vida. En ese momento fantástico, al entrar a la sala con el Pájaro, mis primos se quedaban con la boca abierta. Mi abuela, fiel aficionada al fútbol, pegaba un grito. Mi abuelo, ni siquiera con ese grito dejaba de roncar. Mi papá hacía un clic con la cámara de cuatro pixeles de su celular; mis tías se acomodaban el peinado, mis tíos sonreían poniendo caras de simpáticos, mi mamá se quitaba el delantal, Zintra movía su varita mágica para convencerse de que él no había sido el responsable de ese truco fantástico, mi hermana Valentina preguntaba: "¿Quién es ese señor?", y mis hermanos, dándole un golpe en el brazo, le respondían temblorosos: "Tonta... ¡Es el Páaaajaro!".

Era la mejor tarde de mi vida. Ya se me ocurriría algo más tarde para justificar la ausencia de su amigo, el tío que en realidad lo había invitado. El Pájaro me firmaba mi camiseta y el afiche que tenía junto a mi cama. Por primera vez, decidí que no me importaba salir en las fotos con cara de tonto... porque cuando uno se toma una foto junto a alguien tan grande como el Pájaro, ¡solo puede tener cara de tonto feliz! Mi álbum casi vacío se llenaría de fotos en las que yo estuviera junto al Pájaro, detrás del Pájaro, delante del Pájaro, comiendo con el Pájaro y soplando las velas con el Pájaro. Yo tenía la suerte de estar junto a esa persona que había decidido ser futbolista para que nunca más nadie le pisara el poncho, para que no se burlaran de él, para que nadie lo dejara a un lado, para que las chicas lindas como Rittva se fijaran en él.

Era el mejor cumpleaños de mi vida. Y seguramente el peor para Velasco, que estaría en la puerta de su casa, desesperado, mirando a todas partes por si el Pájaro llegaba. Su fiesta sería un fracaso. Todos lo odiarían. Todos se darían cuenta de que los había engañado. El lunes siguiente, en la clase, nadie volvería a apuntarse a su bando. Ya era tiempo de que te llegara la hora, Velasco cuatro ojos...

Cuando escuché su voz, sacudí la cabeza y la película desapareció de mi mente. Se evaporó. El Pájaro, con el casco bajo el brazo, parado sobre la acera, me estaba preguntando:

—¿Entramos a tu fiesta, Efraín?

Once

En un segundo ocurren cosas que pueden transformarnos la vida.

Si yo decía que sí, que yo me llamaba Efraín Velasco y que entráramos a mi fiesta, esa sería una mentira que me llenaría de gusto... que se convertiría, además, en la mejor historia de mi vida.

Si yo decía que no, que se trataba de un error, todo seguiría su camino regular. El Pájaro regresaría a su moto, yo a mi fiesta aburrida... y Velasco seguiría siendo un héroe.

Velasco seguiría siendo el cuatro ojos con más amigos del colegio. Y yo el cerebro de chicharrón más tonto de la historia.

Como un tambor, sonaron en mi cabeza las palabras que mi papá me dijo esa mañana cuando entró a saludarme por mi cumpleaños. Casi no les presté atención, pero regresaron a mí como un grito dentro de mi cabeza: "Sé bueno siempre, incluso cuando tengas ganas de ser malo".

Y yo tenía muchas, muchísimas ganas de ser malo.

Quería ser el más malo del mundo, quería ser el peor enemigo que jamás haya tenido Efraín Velasco!

Me di vuelta, miré al Pájaro y le dije:

—Yo no soy Efraín Velasco. Te confundiste de dirección. El niño al que buscas vive a diez minutos de aquí, en el barrio La Carolina. Lo conozco porque está en mi colegio.

Me mordí la lengua con rabia.

Quise llorar por haber arruinado la mejor historia de mi vida.

—Te confundí por el gorrito y por los globos...

—Ah, sí. Hoy fue mi fiesta, también, pero ya terminó.

El Pájaro sonrió, me pidió disculpas como si hubiera hecho algo malo, se subió a su moto y con la mano me dijo adiós.

Lo vi alejarse por la calle polvorienta. Iba tan rápido que parecía que el Pájaro volaba.

Doce

Tres minutos más tarde, con los ojos llenos de lágrimas por la rabia, sentí que debía volver a mi fiesta. Esa era la fiesta que yo tenía... me gustara o no. Esos eran mis invitados, esa era mi familia, ese era mi amigo Zintra, y ese pastel de chocolate que estaba sobre la mesa lo había hecho mi mamá pensando en mí.

Quizá todavía quedaba una oportunidad de que la fiesta no fuera el peor de los desastres.

A punto de entrar, volví a escuchar el rumor de una moto acercándose. "¡Al fin llega la pizza!".

La moto se detuvo y, sorprendido, vi otra vez al Pájaro descender de ella.

—Disculpa —me dijo—, soy muy torpe con las direcciones. Si tú conoces la casa de este niño Efraín Velasco, ¿podrías acompañarme? Serías mi invitado a la fiesta. Estoy más perdido que piojo en peluca, y ya no puedo demorarme más.

Habría querido decir que no y dejar que el Pájaro se perdiera entre tanta calle rota para que jamás llegara a la fiesta de Velasco. Pero al Pájaro no podía decirle que no.

Siete minutos más tarde llegábamos a casa de mi archienemigo... él, con cara de angustia, esperaba en la puerta.

Aturdido, me miró sin entender qué rayos estaba haciendo allí, en la moto junto al futbolista más famoso del país.

—Tu amigo me ha ayudado a llegar; de no haber sido por él seguramente no habría dado con la dirección de tu casa; estaba extraviado en otro barrio y olvidé mi celular en mi casa —dijo el Pájaro, avergonzado.

—¡No soy su amigo! —me apresuré a aclarar.

—Ah... me dijiste que van al mismo colegio.

—Sí... —dijo Velasco—, ¡pero no somos amigos!

Los compañeros de la clase salieron felices al darse cuenta de que nuestro ídolo había llegado. Todos llevaban la camiseta de la selección, la gorra de la selección, la bufanda, la matraca, el silbato, los calcetines, los zapatos y hasta el calzoncillo de la selección. Llevaban las caras pintadas, y al ver al Pájaro, se abalanzaron sobre él.

Todos formaban una masa de gente abrazando a un fuerte jugador de piernas mundialistas.

Yo ya no tenía nada que hacer ahí. Me di media vuelta, metí mis manos en los bolsillos y decidí caminar de regreso a casa.

Cien metros más allá, escuché una voz que me gritaba desde lejos:

—¡García!

Era Velasco que se acercaba corriendo.

—¿Qué quieres? —le pregunté.

Cansado por la carrera, me respondió:

—Me preguntaba si... te gustaría quedarte en mi fiesta. Al fin y al cabo te debo una... gracias a ti el Pájaro encontró la dirección de mi casa.

—¿Me estás invitando? —pregunté, sorprendido.

—Sí.

Me quedé en silencio un momento y luego le dije:

—Pero eso no quiere decir que seamos amigos, ¿no?

—¡No! —respondió él con firmeza—. Quiere decir que estás invitado. No podemos ser amigos porque tú me llamaste cuatro ojos, ¿lo recuerdas? Por eso te odio.

—Sí, y tú me llamaste cerebro de chicharrón. Por eso te odio.

—Entonces... ¿vienes o no vienes?

—No lo sé... es que tengo una fiesta en mi casa. Me esperan mis papás, mis abuelos, mis primos y mis tíos.

—¿Y Shakira y Miguel Bosé y el Papa? —preguntó irónicamente.

Lo miré y sonreí.

—No llegaron... quizá se equivocaron de dirección.

—Bueno... —dijo Velasco, pausadamente—, al menos tienes una fiesta con tus papás, tus hermanos y toda la familia. Eso debe ser muy "divertido".

Comencé a caminar rumbo a su casa. Con eso, él entendió que yo aceptaba su invitación.

—¿Sabes? —dijo él—. Mis papás nunca están juntos en mis cumpleaños; son como perro y gato. Celebro un día con uno, y otro día con otro; así evitamos las peleas. Cuando los papás se divorcian, esas cosas pasan.

—Bueno... pero al menos no tienes hermanos. Te aseguro que el mío ya debe haber pasado su lengua a lo largo de todo mi pastel de chocolate; siempre hace la misma cochinada. Él dice que le gusta compartir sus gérmenes a los demás, ¡y que lo hace de todo corazón!

Velasco se quedó en silencio.

Seguimos caminando y me dijo:

—Me gustaría tener un hermano. Quizá algún día...

Media hora me quedé en su fiesta; previamente, llamé a mi casa y les conté todo lo que había ocurrido. Ante mi evidente emoción, mi mamá solo pudo pedirme que regresara pronto. Durante ese tiempo, el Pájaro alcanzó a firmarnos las camisetas y los balones, y a tomarse fotografías con cada uno.

Cuando le conté mi triste paso por el fútbol, él me prometió que algún día me pondría su autógrafo en el botiquín de primeros auxilios.

—Todo lo que ayude a curar las heridas es bienvenido —dijo él—, y no solo te estoy hablando de curitas, alcohol y vendas, sino del fútbol y de los amigos.

Cuando me despedía de Velasco, le agradecí por invitarme a su fiesta.

—La pasé muy bien, gracias; ahora regreso a la mía. Si te quieres aburrir, estás invitado; tengo un amigo mago, tres hermanos divertidos y tres primos idiotas.

Velasco rio y me dijo que me agradecía, pero que prefería no ir.

—Quizá el próximo año —me dijo al despedirse.

Di media vuelta y comencé a caminar rumbo a mi casa.

—¡Hey, García! Nunca más te diré cerebro de chicharrón... aunque lo tienes.

—¡OK! Yo tampoco te volveré a decir cuatro ojos... ni bicho, ni desgraciado, ni basura cósmica, ni cara de banano. ¡Te lo prometo!

Él levantó su mano, sonrió y nos dijimos adiós.

Aquella tarde descubrí que Velasco era el mejor enemigo que jamás había tenido.

El capítulo final

Cuando sonó el timbre, mi mamá gritó desde la cocina:

—¡Debe ser Pancho; al fin podremos soplar las velas y comer el pastel!

Zintra, ágilmente se levantó y su capa brillante se movió con el viento. Caminó hacia la puerta y la abrió.

Quien estaba ahí, parado junto al timbre, no era yo.

—Buenas tardes, vengo a dejar unas pizzas...

Zintra se quitó el sombrero de mago, el repartidor se quitó su casco con el logotipo de Deli Pizza y... se reconocieron.

—¿Beto?

—¿Rafa?

—¿Sigues trabajando en la pizzería?

—Sí, solo por las tardes, porque en la mañana voy a la universidad... ¿Y tú qué haces vestido de reina del carnaval?

—¡Más respeto! ¡Soy mago! —dijo Zintra.

Aunque la varita mágica se había quedado adentro, ambos amigos, el Dúo Sapomán, volvieron a encontrarse mágicamente, después de mucho tiempo. Todo gracias a una aburrida fiesta y a unas pizzas de jamón, queso y pepperoni.

La magia tiene sus misterios...

Agradecimiento

A Nancy Ceballos, Lorenza Estandía, Ma. Valentina y Ma. Alejandra Arias Escalante, amigas entrañables que me han demostrado cuán grande y luminoso puede ser el corazón humano.

A todos mis queridos amigos y amigas de Editorial Norma en toda Latinoamérica, generosos compañeros en un viaje que me ha transformado la vida... el viaje alrededor de la palabra.